Disney

Pirates des Caraïbes

Les aventures du jeune *Jack Sparrow*

En pleine TEMPÊTE

D'après *Pirates of the Caribbean,*
The Original Adventures of Young Jack Sparrow,
The Coming Storm de Rob Kidd.

Traduit de l'anglais par Julien Hervieux.
Conception graphique et mise en pages : Mélody Gosset.

Hachette Livre, 58, rue Jean-Bleuzen, 92178 Vanves Cedex.

Disney

Pirates des Caraïbes

Les aventures du jeune *Jack Sparrow*

En pleine TEMPÊTE

hachette JEUNESSE

Moi, Jack Sparrow, nouvellement propriétaire
d'un navire, d'un équipage et d'un chapeau,
décide de raconter, à partir de ce jour,
aussi fidèlement et honnêtement que possible,
nos aventures, en haute mer ou dans les rues,
dans ce journal de bord. Je remplis ce devoir
en tant que capitaine du Barnacle, et je jure
solennellement de n'écrire que la vérité
à propos de moi, de mon équipage et des
événements qui nous arrivent, peu importe
qu'ils soient fantastiques ou effrayants.
Je raconterai comment je suis devenu capitaine,
comment mon équipage m'a rejoint, comment
nous avons commencé nos aventures, et surtout,
le plus important, comment j'en suis arrivé
à porter ce chapeau. Comme de nombreuses
histoires d'aventures, celle-ci commence sur
l'île de Tortuga, dans une taverne nommée
la Fidèle Mariée.

1

Bagarre générale

La lune monte sur l'océan tandis que le vent pousse d'épais nuages dans le ciel. Elle jette des ombres effrayantes sur l'île au-dessous. Peu d'étoiles scintillent au travers de la brume orageuse. Les sables blancs tourbillonnent sur la plage. Les rares respectables citoyens de Tortuga se serrent dans leurs maisons bien gardées. Tous les autres – pirates et brigands – sont à la Fidèle Mariée, à boire de la bière et du rhum.

Entre les rafales de vent de la tempête qui se prépare, on peut entendre la taverne à des centaines de mètres. Des rires, des cris et parfois des coups de feu transpercent la nuit, alors que les fêtards entonnent une chanson :

– Yo, ho, yo, ho, la vie de pirate est pour moi ! Nous allumons, enflammons et brûlons tout ! Buvons, mes amis, yo, ho ! Nous incendions la ville, nous sommes des terreurs ! Buvons, mes amis, yo, ho ! Yo, ho, yo, ho, la vie de pirate est pour moi !

De l'extérieur, la Fidèle Mariée ressemble à une énorme cabane. Elle est construite avec les restes de bateaux échoués. Elle en a aussi l'odeur : le goudron, le sel, les algues et le poisson. Et lorsque la pluie vient à tomber, le toit se met à fuir.

La taverne éclairée aux bougies est pleine à craquer.

Je crois qu'il y a ici plus de monde que dans tous les bateaux de Port Royal, pense la jeune serveuse de la Fidèle Mariée, Arabella. Autour d'elle, tous les clients se ressemblent : ils sont habillés de vêtements déchirés et dépareillés, de pantalons troués, de gilets délavés, et portent de grosses barbes et de larges ceintures.

L'un d'eux tire sur la jupe d'Arabella. La jeune femme lève les yeux.

– Laissez-moi deviner, se moque-t-elle en écartant ses cheveux roux emmêlés. Vous voulez plus de bière ?

– C'est bien cela, gamine ! rit le marin.

Arabella soupire et s'en va vers d'autres tables.

– Il n'y a plus un seul trésor espagnol dans les terres ! jure un autre homme.

– Moi, je ne te parle pas de trésor espagnol... répond son ami Beau Todd à voix basse. Je te parle d'or aztèque, venu tout droit d'un royaume perdu…

Arabella s'arrête un instant et écoute discrètement.

– Tu parles de Sam Œil-de-Pierre et de l'Île Squelette ? s'étonne le marin. La légende dit que Sam possédait l'épée de Cortés et qu'il a maudit toute l'île. Et je suis d'accord avec ça : ce n'est qu'une légende ! Elle parle aussi d'une ville de pierre et de marbre. Bah ! Ce sont des âneries !

– Oublie ton fichu royaume et son épée, c'est de son or que je te parle ! crache Beau Todd. Et je sais qu'il existe : je l'ai vu ! Ce n'est pas simple, mais on peut le trouver…

– Tu as donc un navire ? demande le premier marin, méfiant.

– Oui… Un petit bateau bien discret… commence Beau Todd.

Soudain, il aperçoit Arabella qui l'observe. Gênée, elle lève les yeux vers lui avec un petit sourire. Puis elle se met à frotter vigoureusement le sol.

– Satanées bières renversées ! s'exclame-t-elle.

Beau Todd regarde autour de lui, méfiant.

– Allons dans un endroit plus tranquille !

Arabella jure et s'éloigne. D'habitude, personne ne la remarque. Elle a déjà entendu des centaines d'histoires et de légendes au fil des années. Et chacune est presque une aventure.

Presque.

Soudain, la porte de la taverne s'ouvre sous la force du vent. Un éclair illumine l'homme qui se tient dans l'embrasure. Il est trempé jusqu'aux os, avec des cheveux noirs et hirsutes collés sur la tête. La porte se referme brutalement, et la lueur des bougies révèle un jeune homme – pas plus vieux qu'Arabella – furieux et dégoulinant.

Pendant un moment, le silence est complet. Et puis les clients retournent à leur verre.

L'étranger se fraie un chemin à travers la foule, alors que ses yeux fouillent partout. Il cherche visiblement quelqu'un ou quelque chose. Ses yeux noisette s'enflamment : il doit avoir trouvé ce pour quoi il est là. Il se baisse derrière une chaise et essaie d'attraper quelque chose. Arabella se dresse pour mieux voir : une sorte de vieux sac – un objet pas vraiment intéressant à voler, surtout si l'on pense au terrible pirate assis au-dessus.

– Ho, non… chuchote Arabella, qui devine le pire.

L'étranger tend ses doigts pour essayer de saisir le sac sous la chaise.

Mais sans prévenir, le géant assis sur le siège se dresse de toute sa hauteur et de toute sa masse. Ses yeux furieux ont la couleur d'une tempête.

L'étranger s'incline brusquement devant lui.

– Pardonnez-moi, monsieur, j'admirais juste ma… je veux dire votre jolie sacoche, s'excuse-t-il poliment.

Le pirate rugit et brandit sa bière pour l'abattre sur la tête de l'étranger. Mais ce dernier attrape le sac et bondit sur le côté juste à temps ! La chope siffle près de son oreille… et vient toucher un autre pirate derrière lui !

Cet autre brigand n'est pas aussi grand, mais il est tout aussi mécontent ! Il tire aussitôt son épée et plonge vers l'étranger, qui s'écarte aussitôt. Emporté par son élan, l'attaquant s'effondre sur une table, qui cède sous son poids. Des pièces et des bières volent partout. Les pirates assis autour se lèvent et tirent leurs armes.

Il n'en faut pas plus pour commencer une bagarre à Tortuga ! La Fidèle Mariée résonne du son des coups de poings, des épées, des chaises que l'on brise et des cris. L'étranger est piégé au beau milieu de la bataille. Et pour ne rien arranger, le géant en a toujours après lui ! Fort heureusement, il échappe de justesse à son épée.

– Vous avez failli m'avoir, mon vieux ! plaisante l'étranger en attrapant une chaise.

Le pirate attaque encore, mais le garçon tient le siège comme un bouclier et pare chaque coup.

L'instant d'après, un autre pirate s'avance vers l'étranger, qui bondit hors de son chemin, évitant la collision de justesse. Son attaquant renverse le géant. Pendant que les deux hommes sont occupés à se battre, l'étranger balance le sac sur son épaule, tourne les talons et contemple la scène derrière lui. Ce qui était pour des pirates une tranquille soirée est devenu une grosse bagarre comme il en a vu bien d'autres ! Il ne peut s'empêcher de sourire.

– Eh bien, je n'ai pas un seul bleu, ricane-t-il. Pas une seule égratignure sur Jack Sparrow !

Clac !

Jack se retourne : le géant vient de briser une bouteille !

– Tu vas gentiment me donner ce sac, mon garçon, l'avertit-il d'une voix menaçante, tout en pointant sa bouteille brisée vers lui.

– Euh…

Jack regarde autour de lui : il est cerné de tous les côtés.

– Mon bon monsieur… commence-t-il, espérant que quelque chose va lui venir à l'esprit.

Mais c'est déjà trop tard : le géant rugit et fonce en avant.

Par chance, une main attrape Jack par le col et le tire hors de son chemin. Le pirate poursuit sa course et va s'écraser au milieu d'une demi-douzaine de bandits qui s'affrontent de l'autre côté de la taverne. On entend un craquement de bois, des bris de verre et le son du tonnerre qui roule à l'extérieur. Tous les brigands, furieux, sautent sur le géant.

Arabella tient toujours fermement Jack par le col alors qu'elle le tire hors de la mêlée. Et Jack agrippe tout aussi fermement le sac. *Son* sac. Après avoir esquivé quelques mauvais coups de plus, les deux filent par la porte arrière, dans la nuit et la tempête.

2

L'épée de Cortés

Il pleut très fort maintenant et le vent souffle à une vitesse incroyable. Jack et Arabella sont sortis dans la ruelle derrière la taverne. Le jeune homme se tourne pour remercier la fille qui vient de le sauver, mais avant qu'il puisse le faire, elle le pousse violemment contre l'un des murs de la Fidèle Mariée.

– Comment oses-tu provoquer une bagarre dans la taverne de mon père ? demande-t-elle furieuse.

Elle pose ses mains sur ses hanches et ses yeux marron s'illuminent.

– Tu ne pouvais pas aller jouer les pick-pockets ailleurs, ce soir ? poursuit-elle.

Elle le pousse une fois encore. Jack ajuste ses vêtements avant de répondre :

– Je ne suis pas un voleur, gamine. Je ne suis pas venu ici par choix.

Jack agite le sac devant le visage d'Arabella.

– Le capitaine Deux-mètres-de-haut m'a volé ce sac, je suis simplement venu le récupérer. Mais si te dire « merci » n'a aucune valeur pour toi, je vais m'en aller. Pigé ?

Jack commence à partir. Mais Arabella le retient.

– As-tu la moindre idée de la personne à qui tu viens de dérober ce sac ? l'interroge-t-elle.

– Non. Et je m'en moque ! dit Jack en se dégageant.

– C'était le capitaine Torrents, espèce d'idiot !

Le regard de Jack reste vide.

– Tu ne connais pas ce pirate, aussi terrible que redouté ? insiste-t-elle.

– Non, ça ne me dit rien du tout, avoue Jack.

– Le plus fameux pirate de ce côté d'Hispaniola ? tente-t-elle encore.

– Ah, oui, attends… En fait, non, désolé.

– Eh bien, dans les deux cas, tu viens de signer ton arrêt de mort.

– Écoute, je ne suis pas un escroc, renchérit Jack. Ce vieux sac, et ce qui s'y trouve, est tout ce que j'ai.

Arabella lève les yeux au ciel.

– Et comme c'est habituel sur cette satanée île, poursuit le jeune homme, un fichu pirate me l'a volé ! Mais c'est bien mon sac.

Jack bondit sur un vieux tonneau et ouvre la besace.

– Par exemple, dit-il en inspectant l'intérieur avant d'en retirer un vieux bout de cire, cette bougie est… pas à moi !

Jack regarde la chandelle, confus, et la jette par terre.

– Surprise ! se moque Arabella.

– Non, non, non ! se désole le jeune homme.

Il fouille plus encore et sort du bagage ce qui a dû être des sous-vêtements, un rat séché et même du fumier.

– Au fait, la « gamine » a un nom ! lance-t-elle, et c'est Arabella.

– Et moi, Jack, grogne le garçon penché sur son sac.

– Écoute, désolée, j'ai été dure avec toi, consent Arabella d'un ton sincère. Mais mon père va être furieux de devoir passer la prochaine semaine à nettoyer et réparer la taverne.

Jack lui jette une grosse pièce.

– Merci, dit-elle d'un ton moqueur. Voilà qui efface tout !

– C'est la seule chose de valeur là-dedans. Mon couteau, ma boîte, ma bourse... j'ai tout perdu, souffle-t-il d'un air malheureux.

Déçu et en colère, il retourne le sac lorsqu'en tombe un fourreau. Un long fourreau.

Une épée ? Voilà qui permettrait à Jack de racheter tout ce qu'il a perdu ! Ou peut-être devrait-il la garder. Tous ceux qui sont devenus quelqu'un dans les Caraïbes en portent une.

Alors qu'il ramasse le fourreau, Jack réalise qu'il a tort : ce dernier est vide. Le garçon s'effondre contre le mur de la taverne. Au même moment, les yeux d'Arabella s'ouvrent grand. Vient-elle d'apercevoir un reflet d'or ? Elle saisit le fourreau et l'inspecte. Bien qu'il soit abîmé et sale, il y a bien un motif d'or et d'argent gravé dessus.

– Non, c'est impossible ! s'exclame-t-elle le souffle coupé. Donne-moi de la lumière !

Normalement, Jack n'obéit aux ordres de personne, et encore moins à ceux de la fille d'un tavernier en colère, mais quelque chose dans sa voix retient son attention. Il allume le reste de bougie trouvé dans le sac. Arabella étudie le cuir à sa faible lumière.

– Regarde… murmure-t-elle en désignant le fourreau.

Il y a là des mots dans une langue inconnue, ainsi que des inscriptions en espagnol. Au-dessous se trouve une étrange image de serpent à plumes, gravée en or rougeâtre.

Quetzalcóatl. Le dieu aztèque.

– Sais-tu ce que c'est ? demande Arabella, excitée.

– Quelque chose qui vaut beaucoup d'or ? plaisante Jack.

– C'est le fourreau de l'épée de Cortés, chuchote-t-elle.

Jack ouvre de grands yeux.

– Je lis ici : « Propriété de Hernán », continue la jeune fille, les yeux brillants. C'est l'épée maudite qui donna à Cortés le pouvoir de conquérir l'empire aztèque ! La légende raconte que l'épée le rendait invincible au combat. Avec cette épée, il a pu faire croire aux Aztèques qu'il était le dieu Quetzalcóatl. Mais l'épée n'a que des pouvoirs limités sans son fourreau.

Exaltée, elle poursuit :

– Elle a aussi joué un rôle dans la chute de Cortés… « La perte du fourreau causera la perte du royaume », se souvient-elle avoir entendu au sujet de la légende.

Elle tourne le fourreau entre ses doigts.

– Il a été fait avec les entrailles de sacrifiés aztèques, dit-elle dans un frisson.

– Charmant ! s'exclame Jack. Mais comment est-il arrivé jusqu'ici ?

– Sam Œil-de-Pierre a été le dernier à l'avoir, lui confie-t-elle en se rappelant la conversation qu'elle a entendue plus tôt à la taverne.

– Quoi, le capitaine pirate ? Le fléau de Panamá ? demande Jack.

Arabella approuve d'un hochement de tête.

– On dit qu'il a obtenu l'épée et s'en est servi pour devenir le roi d'une île perdue. Personne ne sait ce qui lui est arrivé, ni à lui ni à ses loyaux sujets. Peut-être que le fait que le fourreau soit réapparu sans l'épée a quelque chose à voir avec ça.

Jack inspecte le fourreau. *Le travail d'un bon artisan*, pense-t-il. L'épée est l'un des plus grands trésors des Caraïbes. Le légendaire pirate qui l'a perdu doit être fou de rage…

– Pourquoi ne pas rendre le sac au capitaine Totor, s'excuser et en rester là ? réalise soudain Jack. Désolé d'avoir volé votre fourreau magique, monsieur. Bonne chance avec votre futur royaume pirate !

Arabella secoue la tête.

– Tu es dans un sacré pétrin, déclare-t-elle calmement. Tu ferais mieux de quitter Tortuga immédiatement – ou bien tu es mort.

– Attends ! crie Jack en saisissant son bras. Viens avec moi !

Elle cligne des yeux en le regardant, des gouttes de pluie accrochées à ses cils.

– Tu en sais visiblement beaucoup à propos de ces trucs légendaires. Et puis, tu m'as aidé ! Tu es donc aussi un homme mort ! Enfin une femme. Enfin une fille, bredouille-t-il, confus.

Arabella l'ignore, tout en réfléchissant.

– Pense à la liberté et au pouvoir qui seraient les nôtres si nous avions cette épée, poursuit Jack.

Arabella voudrait le cacher, mais elle adore cette idée.

– Eh bien... je n'ai plus rien à attendre ici depuis qu'un sale pirate a pillé la taverne et a enlevé ma mère avec lui l'an dernier. Elle me manque. Papa et moi pensons que...

Arabella s'arrête, trop émue.

– Très bien. Je viens avec toi, déclare-t-elle à Jack. Mais à condition qu'on ne vole personne !

– Mais je ne suis pas un voleur ! proteste le garçon.

Arabella fronce les sourcils avant de continuer.

– Il y a un vieux bateau abandonné dans la Crique Salée. Nous nous en servirons.

Jack hausse les épaules.

– Désolé, gamine. Je suis nouveau ici et je n'ai aucune idée de l'endroit où se trouve cette crique.

Arabella réfléchit un instant, puis elle déchire un bout de tissu de son tablier, le place contre le mur de la taverne et dessine une carte. Jack regarde tout cela avec de grands yeux. Elle dessine un X sur la carte avant de la donner à Jack.

– Voilà, sois discret. Je vais rassembler des provisions. Retrouve-moi au bateau, au crépuscule, dans trois nuits.

– C'est parfait, madame, déclare-t-il en faisant une courbette.

– Nous avons notre bateau… réfléchit Arabella, un peu confuse à l'idée d'abandonner la Fidèle Mariée, son unique foyer. Mais où irons-nous ?

Jack roule des yeux.

– Chercher cette maudite épée, bien sûr !

3

Une nouvelle équipe

Trois jours plus tard, à la nuit tombée, Arabella fait les cent pas. Parfois, elle s'arrête pour jeter un regard méchant au ciel agité et tape du pied avec impatience. C'était pourtant simple ! Un idiot aurait pu suivre ses indications.

Depuis la nuit où elle a rencontré Jack, la pluie n'a cessé de tomber. La petite cabane de la Crique Salée où elle attend prend l'eau, plus encore que la taverne de son père. Elle décide de sortir regarder leur embarcation amarrée. Celle-ci est à peine plus grande qu'un bateau de pêche. Son nom, le *Barnacle*, est peint sur la coque. Mais elle est capable de naviguer. Et surtout, elle semble abandonnée.

Où est donc passé Jack ? se demande Arabella. Soudain, on entend un grand bruit.

– Madame… salue Jack en surgissant hors des bois.

Il ne vient pas du tout du chemin qu'Arabella lui avait indiqué ! Le jeune homme s'incline exagérément.

– Me voici ! Levons les voiles !

Sa chemise est déchirée, ses cheveux emmêlés, et il a une coupure au visage.

– Monsieur Sparrow ! s'énerve Arabella pour cacher son soulagement. Tu as des heures de retard !

– Oui, mais j'ai retrouvé mon sac ! triomphe Jack en le brandissant joyeusement. Par contre, j'ai perdu… la carte.

– Tu as perdu la carte ?! s'énerve Arabella. Alors comment diable m'as-tu trouvée ?

– Je suis plein de ressources. Alors, on y va, gamine ?

– Appelle-moi « gamine » encore une fois, et tu vas voir ! grommelle Arabella.

– Halte ! s'exclame soudain une voix.

– Quoi encore ? soupire le garçon.

– Je viens avec vous, poursuit la voix.

Debout, non loin d'eux, se trouve un jeune homme gracieux et bien habillé. Il a à peu près le même âge que Jack et Arabella, mais les points communs s'arrêtent là. Il est grand avec de larges épaules. Une élégante épée pend à sa ceinture.

Jack accueille l'inconnu avec un ricanement.

– Désolé, mon gars, mais ce bateau est prêt à lever les voiles et l'équipage est au complet. Tu peux rentrer chez toi.

– Je suis Fitzwilliam P. Dalton le Troisième, se présente le jeune homme en ignorant Jack.

– Je me moque que tu sois le pape Fitzdalton P. William le Septième ! se moque Jack. Nous sommes des marins occupés à des choses importantes. Alors, si ça ne t'ennuie pas, nous allons lever les voiles. Sans toi.

Il tourne les talons et s'en va vers le *Barnacle*.

– Des marins importants et occupés ? demande Fitzwilliam avec mépris.

Il tire de sa poche un morceau de tissu et le déplie.

– La carte… chuchote Arabella.

Fitzwilliam lit à voix haute :

– « Retrouver Arabella à cet endroit au crépuscule, afin de réquisitionner le bateau, trouver l'épée de Cortés, éliminer le capitaine Tourniquet, obtenir un beau chapeau, devenir capitaine, conquérir les Caraïbes, vivre heureux pour toujours. »

– Oh, Jack… souffle Arabella, visiblement embarrassée.

– Je suppose que je ne suis pas arrivé trop tard pour cette histoire de chapeau, ricane Fitzwilliam en regardant les cheveux emmêlés de Jack.

– Oui, j'ai un projet de carrière, et alors ? Toi, qu'as-tu ? interroge Jack, irrité. À part un costume de soie que tu trempes sous la pluie ?

Jack se tourne vers Arabella et lui chuchote :

– Ces aristocrates sont vraiment étranges…

– J'ai décidé de vous accompagner, annonce fièrement Fitzwilliam en présentant son propre sac de voyage.

Il est bien plus beau que tous ceux qu'Arabella et Jack ont déjà vus, et probablement mieux rempli.

Jack ouvre la bouche pour protester, mais Arabella le fait taire.

– Pourquoi ? demande-t-elle, intriguée. Tu es visiblement riche et tu n'as pas besoin d'un trésor. Un homme de ton rang peut obtenir ce qu'il veut. Tu n'as aucune raison de partir à l'aventure.

– Au contraire, madame, s'incline poliment Fitzwilliam. En tant qu'aîné des fils du comte de Dalton, j'ai tout autant soif de liberté que vous. Nous sommes arrivés d'Angleterre il y a un mois, quand mon père a décidé d'étendre ses possessions au Nouveau Monde.

Depuis, je ne fais qu'assister à des bals et des soirées mondaines.

– Oh, ça a l'air horrible ! marmonne Jack.

– Vous n'avez pas idée ! répond Fitzwilliam. Mon père gère entièrement ma vie. Il veut me marier à une fille de bonne famille, il m'oblige à dîner avec ses amis, et il compte sur moi pour reprendre ses plantations de bananes.

– Ça a l'air horrible ! ironise Arabella en imitant Jack.

– Aussi, lorsque j'ai trouvé ceci, poursuit-il en montrant la carte, y ai-je vu un signe. Mon évasion. Ma destinée. Mon aventure.

– Ta porte de sortie ! ajoute Jack. Sauf que la haute mer n'est pas un endroit pour les gens comme toi ! Allez, salut Fitzy !

– Allons, Jack, il pourrait nous être utile, murmure Arabella. Il paierait des provisions. Et nous avons bien besoin d'une autre paire de bras forts à bord !

– Tu es déjà l'homme de la situation, déclare Jack.

– Merci, acquiesce Arabella.

– Qu'importe ! les coupe Fitzwilliam. J'arrive.

– Certainement pas ! objecte Jack.

Tous les trois restent ainsi immobiles un moment. La pluie continue de tomber autour d'eux. Le vent fait tinter les mâts du *Barnacle*.

Fitzwilliam se fige. Puis, après un moment, il lance à Jack :

– Je te défie en duel. Si je gagne, je monte avec vous. Si je perds, je m'en vais et ne dirai rien à personne.

– Oh, Fitzy, j'adorerais, répond le garçon d'une voix pas vraiment pleine de regrets. Mais il se trouve que je n'ai pas d'épée. Pas d'épée, pas de duel. Donc tu ne montes pas. Désolé !

– Ce n'est pas un problème, ajoute Arabella avec un sourire malicieux. Pendant que je nettoyais le bateau, j'en ai trouvé une demi-douzaine dans un coffre...

Elle s'en va vers le *Barnacle* et revient, triomphante, une épée rouillée à la main. Elle la lance à Jack.

– Et voilà !

– Merci, madame, marmonne Jack au travers de ses dents serrées.

Il attrape l'épée et la pèse. C'est un bien mauvais instrument... Fitzwilliam tire sa propre arme, une lame qui fend l'air lorsqu'il salue son opposant.

– C'est parti ! bougonne Jack.

Et ils bondissent l'un vers l'autre. Leurs épées se croisent. *Clang !* Des étincelles volent dans l'obscurité. Jack bondit vivement d'avant en arrière, plonge, recule. Fitzwilliam ne bouge presque pas et pare facilement. Et lorsqu'il se déplace, c'est avec souplesse.

– Ça va être un massacre, constate Arabella, qui se sent un peu désolée pour Jack.

Fitzwilliam a visiblement l'avantage d'années d'entraînement avec un bon maître d'armes. Il est aussi bien plus grand et plus robuste que Jack. Mais ce dernier ne manque pas d'enthousiasme ni de ruses. Malheureusement, tous ses talents combinés ne suffisent pas devant l'héritier du comte de Dalton. Fitzwilliam passe à l'attaque. Il plonge en avant de toute sa force. Jack évite le coup en se jetant au sol, puis il roule en arrière. Mais quand il se redresse, Fitzwilliam a son épée sur sa gorge.

– Rends-toi, ordonne-t-il, triomphal.

Jack fronce les sourcils. Il hésite, puis soupire et lâche son épée.

– Très bien, très bien. Pas la peine de faire le malin, grommelle-t-il.

Fitzwilliam range son arme dans son fourreau avec satisfaction, et tend le bras à Jack pour l'aider à se relever. Jack écarte vivement la main de son adversaire et se remet sur pied d'un bond.

– Fitzy est particulièrement énervant, non ? chuchote-t-il à Arabella.

La jeune fille est d'accord. Aussi fort, doué – et séduisant – qu'il soit, Fitzwilliam P. Dalton III est définitivement aussi un sacré snob.

– Bien, nous sommes donc une équipe, conclut Arabella en lui tendant la main.

Pour la première fois, Fitzwilliam paraît peu sûr de lui et hésite. Il n'a probablement jamais serré la main d'une femme auparavant. Ils joignent leurs mains, et Jack place la sienne par-dessus. Il sourit avec enthousiasme :

– À l'aventure ! lance-t-il.

– À l'aventure ! répète Arabella en souriant.

– Oui, à l'aventure, déclare Fitzwilliam avec sérieux.

– Et bien sûr, ajoute Jack, au trésor… et à la liberté !

4

Satané vent !

Après trois jours de mer, le soleil brille, éclatant. Plus l'équipage s'est éloigné de Tortuga, plus le temps s'est adouci. Cela aurait pu être une bonne nouvelle, mais la mer est lisse sous le soleil brûlant, et il n'y a pas une brise. Il fait vraiment chaud, et le *Barnacle* est perdu au milieu de l'océan, sans la moindre terre en vue. Il ne reste plus beaucoup d'eau potable pour l'équipage, à peine pour un jour de plus – s'il se rationne avec précaution.

Les trois aventuriers se sont assoupis sur le pont.

– Cela fait deux jours, maintenant, peste Fitzwilliam. Deux jours sans un seul brin d'air ou la moindre idée de l'endroit où nous sommes !

– On le sait, Fitz, répond Arabella en essuyant la sueur dans son cou. Je croyais que vous étiez marins, bon sang !

– Personnellement, j'en suis un, proteste Jack. D'une certaine manière…

– Et toi ? demande Arabella en jetant un compas sur le torse de Fitzwilliam.

Puis elle poursuit sur un ton moqueur en prenant soin de l'imiter :

– « Oh, mon père, le comte, m'a tout appris à propos de la lecture des cartes ! »

– Si j'avais une carte, je pourrais la lire ! grogne Fitzwilliam.

– Oh, oui, on trouve partout des cartes secrètes des royaumes pirates. Encore faut-il que ces royaumes existent… ajoute Jack en ricanant.

– Qu'est-ce que tu entends par là ? demande Arabella. Je t'ai dit que je pensais que l'Île Squelette d'Œil-de-Pierre était probablement l'une des plus petites Îles Sous-le-Vent. Je n'ai jamais dit que je savais exactement où elle était !

– Tu avais l'air drôlement plus sûre de toi quand nous étions dans la crique, répond sèchement Jack.

– Allons, du calme tous les deux ! gronde Fitzwilliam.

Jack soupire. Il retire son bandana et s'éponge le visage avec. Dans un geste de bonne volonté, il le tend à Fitzwilliam, mais le noble lui jette un regard plein de dégoût. Jack hausse les épaules et remet en place une de ses mèches de cheveux que la brise agite. Il s'arrête soudain : une brise. Il y a une brise !

Il mouille son doigt, le lève bien haut pour déterminer la source du vent.

– Fitz, donne-moi ta lunette ! ordonne-t-il.

L'autre garçon est trop épuisé pour discuter. Il ouvre son sac et en tire avec précaution sa longue-vue – un cadeau de son père et son bien le plus précieux.

Jack traite la lunette avec bien moins de soin, et l'ouvre avec un claquement qui fait sursauter Fitzwilliam. Jack porte la lunette à son œil et regarde vers le sud.

– Qu'est-ce que c'est, Jack ? demande Arabella qui a oublié sa colère.

– Du vent, enfin ! répond-il.

– Hourra ! s'exclame Fitzwilliam.

Au loin, Jack aperçoit des rideaux de pluie qui se déplacent rapidement.

Alors qu'il abaisse la lunette, le vent se lève autour d'eux.

– Il va pleuvoir, explique-t-il.

– Eh bien, ce sont d'excellentes nouvelles. Nous ne devrions pas mourir de soif ! s'exclame Fitzwilliam.

Puis les premiers nuages commencent à s'assombrir.

– Pas de soif… se soucie Jack en se mordant les lèvres.

Des cris aigus résonnent soudain au-dessus de leurs têtes. Jack lève les yeux et voit des hordes d'oiseaux de mer qui fuient la tempête. L'équipage reste silencieux quelques minutes, alors qu'il regarde, préoccupé, la mer et le ciel s'agiter devant lui. Une pluie légère commence à tomber. Le ciel devient de plus en plus noir. La houle se fait plus violente et chahute fortement le navire.

– D'où est-ce que ça vient ? murmure Arabella. Je veux dire, c'est si étrange… tout était si calme, il y a un instant !

– Peu importe, déclare Jack. Ce qui m'inquiète, c'est que la tempête a l'air de se diriger droit vers nous !

– Allons, ce n'est probablement rien de plus qu'une bourrasque, tente de rassurer Fitzwilliam. Si nous sommes capables de rester à flot, cela devrait être terminé dans une heure ou deux.

Comme en réponse à ce qu'il vient de dire, un violent coup de tonnerre secoue le navire. D'immenses éclairs jaillissent autour d'eux, et une énorme vague balaie le pont.

– Aidez-moi avec les cordages, ordonne Jack. Baissez les voiles immédiatement !

– Baisser les voiles ? Mais nous avons enfin du vent ! proteste Fitzwilliam.

Jack s'approche de lui.

– Oui, comme c'est agréable et pratique ! Le vent va gentiment se laisser prendre dans les voiles et nous pousser tranquillement vers l'Île Squelette.

Sa voix devient soudain plus sévère :

– Ou alors, il va retourner ce bateau comme une coquille de noix ! Tu piges ?

Fitzwilliam acquiesce. Les deux garçons abaissent les voiles sur-le-champ. De son côté, Arabella protège les écoutilles de son mieux. Les légendes des mers, qu'elle connaît pourtant par cœur, ne contiennent à peu près rien à propos de la navigation, la vraie. Elle agit d'instinct, essaie de ranger tout ce qui traîne sur et sous le pont. Jack et Fitzwilliam ont à peine fini d'attacher la voile inférieure et protégé l'essentiel que la furieuse tempête se déchaîne.

Le vent hurle autour des mâts. La pluie devient un déluge qui tombe d'un ciel parfaitement noir. Les nuages tourbillonnent au-dessus d'eux, tout comme les vagues sous la coque.

Le *Barnacle* est lancé à toute allure alors que Jack et Fitzwilliam tentent de diriger le navire. Mais même avec Arabella pour les aider, la barre est hors de contrôle.

L'eau dévale sur le pont, vague après vague, si fort que l'équipage a du mal à tenir debout. Les trois apprentis marins sont balancés de chaque côté du navire.

– Fitz, attrape ta hache ! Aide-moi à couper le grand mât ! rugit Jack.

– Tu es fou ! lui hurle le garçon.

– Écoute-moi bien : tu pourras me dire que j'ai fait une erreur plus tard, quand on ne sera pas morts, crie Jack. Je vais t'aider à l'abattre… Arabella ?

Il se tourne vers elle :

– J'ai besoin que tu fasses une ancre de mer. Attrape tout ce que tu peux qui soit lourd, comme un tonneau ou le sac de Fitzy, n'importe quoi. Quelque chose qui nous ralentisse. Attache solidement une corde à tout cela et lance l'ancre à l'arrière du bateau. Tu as compris ?

– Oui, oui ! répond-elle avant de partir en courant.

Jack prend son couteau entre ses dents et grimpe au mât comme un singe, s'accrochant fermement alors que le vent essaie de le faire tomber. Il déchire les voiles et les cordages qui chutent sur le pont. Une fois au sommet, il attrape la dernière corde encore présente et s'en sert pour redescendre.

– Fitz ! Maintenant ! crie-t-il.

Fitzwilliam fait comme Jack le lui a demandé : il coupe le mât comme si c'était un arbre. En tombant, ce dernier fait un trou dans le pont ! Fitzwilliam a à peine le temps de s'écarter.

– C'est bon, Jack ! s'exclame Arabella de son côté, malgré le rugissement de la tempête. Mais pourquoi fait-on cela ?

– Nous avions trop de prise au vent, lui répond Jack en retour. Le vent s'accrochait au mât. Mais c'est réglé. Maintenant, il faut tenir la barre !

Ils se mettent à deux pour essayer de maintenir le gouvernail, pendant que le troisième utilise des seaux pour vider l'eau qui s'est infiltrée sous les ponts.

Enfin, le vent se calme. Après des heures à se battre pour garder le *Barnacle* à flot, les nuages et la pluie s'en vont. En quelques minutes, c'est comme s'il n'y avait jamais eu de tempête. Le plan de Jack a marché : leur bateau est toujours là, même s'il a souffert.

Et puis, une ligne sombre et verte apparaît sur l'horizon bleu devant eux.

– Terre ! s'écrie Jack en regardant au travers de la lunette. Le vent a dû nous pousser.

– Allons voir ! Peut-être trouvera-t-on de l'eau, espère Fitzwilliam. Non pas que l'utilisation de notre tonneau d'eau potable pour nous ralentir ait été une mauvaise idée...

Ces propos sont directement adressés à Arabella.

– C'était le seul objet suffisamment lourd que nous avions ! se justifie-t-elle. Et puis, vous pouvez toujours boire l'eau de pluie sur le pont, Maître Dalton.

– Maintenant, mes amis, les interrompt Jack, relevons le mât et les voiles. Il y a de nombreuses cordes dans la soute avec lesquelles nous pourrons les faire tenir... du moins pour l'instant !

5

L'expédition

Poussé par un fort courant et aidé par son mât fragile et ses voiles de fortune, le *Barnacle* accoste sur l'île le matin suivant. Elle semble déserte. Aucune colonne de fumée n'indique la présence d'une ville ou d'un port.

L'équipage jette l'ancre, saute à l'eau et avance jusqu'à la plage.

– On va peut-être trouver une source ou un ruisseau sur la colline là-bas, remarque Arabella en désignant une pente, au loin.

On peut y apercevoir une épaisse jungle – une bonne indication de la présence d'eau.

– Absolument ! se réjouit Fitzwilliam. Tu devrais retourner au bateau et nous y attendre pendant que Jack et moi allons voir.

Pour toute réponse, Arabella lui donne un bon coup sur le pied. Jack soupire.

– Mais il pourrait y avoir des indigènes dangereux ou des bêtes sauvages ! proteste Fitzwilliam.

– Je ne vois qu'une seule bête par ici, marmonne la jeune fille en retroussant ses jupes pour s'aventurer dans les broussailles.

Il fait très chaud. Alourdis par leurs sacs et leurs gourdes, les trois aventuriers avancent lentement.

– S'il te plaît, Arabella, propose Fitzwilliam lorsque cette dernière trébuche, laisse-moi au moins te prendre un sac.

– Oh, Bell ! gémit Jack. Par pitié, laisse-le se comporter comme ton serviteur si c'est le seul moyen de le faire taire !

– Ta mère doit être très fière ! grogne Arabella en direction de Fitzwilliam alors qu'elle lui passe ses sacs.

– Ma mère est morte quand j'avais neuf ans, répond le garçon, une expression déterminée sur le visage. J'espère qu'elle serait fière de l'homme que je suis devenu.

– Oh, je suis désolée… s'excuse la jeune fille d'une voix sincère en se souvenant de sa propre mère. Je ne savais pas…

Fitzwilliam fixe l'horizon tristement.

– C'est après sa mort que mon père a voulu partir pour le Nouveau Monde. C'est comme s'il voulait s'éloigner de l'Angleterre et de son ancienne vie pour toujours.

– Parlez en marchant, camarades. Hop, hop, hop ! Nous n'avons pas de temps à perdre ! les interrompt Jack.

– Il a aussitôt marié mes sœurs aînées avec les fils de personnes qui étaient déjà parties pour le Nouveau Monde, poursuit Fitzwilliam en écartant un buisson à l'aide de son épée. Certaines que nous n'avions jamais rencontrées. Nous n'étions encore que des enfants.

Devant eux, Jack lève les yeux au ciel en écoutant son histoire.

– Anna, ma sœur la plus proche, a été enlevée par des pirates durant le voyage qui l'amenait voir son mari.

Et je ne l'ai jamais revue… conclut Fitzwilliam avec chagrin.

– Enfer ! Je connais trop bien cela, confie Arabella. Ma mère a été capturée par des pirates, elle aussi.

– Au nom de tout ce qui est béni et maudit, s'exclame Jack, pourrions-nous plutôt nous concentrer sur notre situation ?

Arabella et Fitzwilliam regardent Jack, plus déçus que furieux. Ce dernier s'éclaircit la gorge avant de déclarer :

– Très bien, continuons.

Si le soleil était déjà chaud quand ils sont arrivés, il n'est rien comparé au soleil de midi. L'équipage termine le peu d'eau de pluie qu'il a récolté dans ses gourdes, mais il ne voit toujours pas la moindre source d'eau potable. Fitzwilliam tousse tant il a soif. Arabella, elle, est déjà tombée une fois, même si elle a prétendu avoir trébuché sur une racine.

Jack regarde ses compagnons avec inquiétude : aucun d'entre eux ne pourra continuer très longtemps à ce rythme. Triste manière de terminer une aventure.

– Allons, les rassure Jack avec un sourire forcé, on dirait que la végétation est moins épaisse un peu plus loin. On devrait pouvoir trouver un peu d'ombre et de fraîcheur sous les arbres et se reposer un moment.

Alors que Jack écarte des branches pour emmener ses deux compagnons vers une clairière, il est ravi – et un peu surpris – de découvrir exactement ce qu'il a décrit : une clairière, avec de l'ombre et de l'herbe fraîche. Et il est tout aussi étonné de voir deux garçons en train de construire ce qui ressemble à un radeau de fortune.

– Eh bien, *bonswa et bienv'nue* ! commence le premier jeune homme. Regarde ce que nous avons là, Tumen ! De nouveaux amis – et peut-être même un moyen de quitter cette île !

Les deux garçons se tiennent devant l'équipage du *Barnacle.* Celui qui a parlé est le plus grand. Sa peau est sombre et ses cheveux bouclés châtain roux vont bien avec ses taches de rousseur. Il a une étincelle malicieuse mais amicale dans les yeux.

– Bienvenue sur notre île déserte, déclare-t-il, théâtral. Je suis Jean et voici mon ami Tumen.

Tumen hoche la tête. Il est petit, avec des cheveux noirs et brillants, un nez pointu et la peau bronzée. Arabella et Jack se regardent : c'est un indigène, mais il est habillé comme un marin.

– Je suis Jack Sparrow, et voici Arabella et Fitz.

Jean offre une gourde à Arabella, qui boit jusqu'à plus soif.

– Vous avez été pris dans la même maudite tempête, hein ? interroge Jean. Tumen et moi étions sur le *Seraph*. Nous sommes les seuls survivants – les Anglais n'apprennent pas vraiment à leurs marins à bien nager.

– C'est affreux, se désole Arabella.

Elle s'essuie la bouche et tend la gourde à Fitzwilliam.

– Il fait drôlement chaud et ce n'est pas un endroit très agréable, mais ça aurait pu être pire, se résout Jean en désignant l'île autour d'eux. Il y a des noix de coco pour manger, une source d'eau potable par-là, et beaucoup de bois.

Il montre une pile de bûches mal coupées et des lianes enroulées.

– Nous construisons un bateau pour essayer de partir, poursuit-il.

– Vous savez où on peut trouver de l'eau ? demande Fitzwilliam alors qu'il tend la gourde à Jack.

Ce dernier la retourne : elle est vide !

– Il y en a autant que tu veux, mon ami, rit Jean. Si tu n'as pas peur de… l'ambiance.

Tumen tient dans ses mains ce qui ressemble à un os humain. Jack s'étouffe.

– Oh, seigneur ! s'exclame Arabella.

– Il y en a bien plus là où nous l'avons trouvé, continue Jean d'un air sombre.

Jack, Arabella et Fitz contemplent l'os en silence.

SSSSSSSS !

Arabella hurle et Fitzwilliam bondit en arrière, alors qu'une chose poilue, hideuse et grise vient d'apparaître dans la clairière. Elle avance sur une souche, crache et siffle en montrant deux crocs jaunes. Tumen a un petit sourire et Jean se met à rire.

– Qu'est-ce que c'est que ça ? demande Jack.

– Ça, c'est Constance.

Jean s'agenouille et gratte délicatement le monstre sous le menton. La bête se calme et se met à se comporter comme un vrai chat. Un chat maigre, galeux et horrible avec de grands yeux jaunes et une queue tordue.

– Vous avez réussi à sauver ce chat en plus de vous-mêmes ? s'étonne Jack en jetant un regard moqueur à la laide petite créature. Pourquoi ?

– Constance n'est pas juste un chat, dit fièrement Jean. C'est ma sœur.

L'équipage du *Barnacle* échange des regards pleins de doutes.

– Ta « sœur », répète Jack sans y croire.

– C'est ma sœur. Du moins, c'était. Je veux dire, c'est elle, mais elle n'est plus comme elle était avant. Vous voyez, elle a été victime d'une malédiction jetée par la sorcière Tia Dalma.

– Oh, pauvre chose ! s'apitoie Arabella en tendant la main vers le chat. Laisse-moi juste… Aïe !

Constance siffle encore et érafle la main d'Arabella de ses longues griffes jaunes.

– Espèce de petite… commence la jeune fille en se frottant la main.

– Elle est méchante ! rigole Jack.

– Quelle petite brute ! dit Fitzwilliam en souriant et en donnant à Arabella un mouchoir.

La jeune fille le prend et l'enroule autour de sa main. Constance grogne un peu, puis elle saute à terre et s'en va, sa queue tordue levée bien haut.

– Elle a simplement eu beaucoup de problèmes dernièrement, explique Jean.

Jack lève les yeux au ciel.

– Très bien ! Maintenant que nous avons tous été présentés – car je suppose qu'il n'y a personne d'autre ? Pas de neveu transformé en rat, de cousin métamorphosé en chien enragé ? Non ? Dans ce cas, pouvez-vous nous emmener jusqu'à la source dont vous avez parlé ?

– Avec plaisir, sourit Jean. Suivez-moi !

6

La cité des morts

L'équipage du *Barnacle* suit Jean le long d'un vieux sentier. Il les mène plus profondément dans l'île. Bientôt, de petits arbres protègent la troupe du soleil. Et avec l'ombre et la promesse de cette bonne eau à boire, Jack, Arabella et Fitzwilliam retrouvent peu à peu le moral.

– N'es-tu pas un peu jeune, gamin, pour être marin ? demande Arabella à Jean avec curiosité.

Lui et Tumen ont tous les deux quelques années de moins que les autres – treize ans tout au plus.

Jean hausse les épaules tout en traversant la végétation.

– Comme le dit la chanson : « Il y a bien des navires dans les Caraïbes… » Tumen et moi avons un atout : nous sommes fiables et contrairement aux marins plus âgés, nous ne sommes pas mariés et nous ne buvons pas.

Il sourit à Arabella, qui se surprend à sourire en retour.

Derrière eux, Fitzwilliam s'est rapproché de Jack.

– Vas-tu leur parler du *Barnacle* ?

– Bien sûr, répond Jack dans un souffle. Ils ont besoin d'un navire et nous d'un équipage.

– Es-tu sûr que c'est une bonne idée ? Nous ne savons rien d'eux.

Fitzwilliam jette un regard en direction de Tumen et de Constance. Ils marchent tous les deux à l'arrière, aussi silencieux que des fantômes. Constance baisse ses oreilles et montre ses crocs à Fitzwilliam qui frissonne.

– Nous avons besoin de bons navigateurs pour trouver l'épée de Cortés. Ou bien as-tu oublié le passage où nous nous sommes perdus et avons terminé au beau milieu d'une tempête ? rappelle Jack.

– Très bien, mais en cas de problème, je m'occupe de Jean, et toi de Tumen, déclare Fitzwilliam tout en tapotant le pommeau de son épée.

– Et Arabella s'occupe du chat, ajoute Jack. Un combat pas vraiment équilibré… Pauvre Bell !

– Ah, nous y voilà ! annonce Jean.

Devant eux se trouve une petite clairière isolée et fraîche. Un surplomb rocheux fait de l'ombre à toute une série de mares alimentées par une source qui glougloute comme une fontaine. Arabella se jette aussitôt à terre et se met à boire à pleines mains.

– Avez-vous été malades après avoir bu de cette eau ? demande Fitzwilliam.

– Cela fait toute une journée à présent, et non, dit Jean d'un haussement d'épaules.

Il s'assoit, Tumen debout à ses côtés.

– Qu'allez-vous faire à présent que vous avez de l'eau ? interroge Jean. Dites-moi que vous avez un bateau…

– En effet, nous en avons un, répond fièrement Jack. Le robuste *Barnacle* a survécu à la tempête. Nous avons juste besoin de renforcer le mât, et il sera prêt à repartir.

– Où est le reste de votre équipage ? questionne Tumen.

– Vous l'avez en face de vous ! sourit Jack.

– Mon dieu ! Vous avez dit que votre bateau était robuste ? Nous sommes sauvés ! se réjouit Jean.

– Pourriez-vous nous ramener à notre port ? demande Tumen.

– Oui ! affirme Jack tout en réfléchissant rapidement.

Même s'il ne veut pas l'admettre, Fitzwilliam a raison : on dirait bien qu'il est encore un peu tôt pour faire confiance à ces deux-là – ces trois-là, plutôt.

– Nous pourrions… si c'est sur notre chemin, finit-il par concéder.

– Ah ! C'est dégoûtant ! s'exclame soudain Arabella en se retenant de hurler.

Constance s'est approchée de la jeune fille et a déposé un os de doigt humain dans l'herbe, juste devant elle.

– D'où est-ce que ça vient ? se renseigne Jack en regardant curieusement la scène.

– De plus loin, sur le chemin là-bas, indique Jean. Nous pouvons aller y jeter un œil si vous voulez.

Le chemin qu'ils suivent n'est rien de plus qu'une trace dans la boue, qui s'enfonce dans la jungle. Bientôt, la troupe aperçoit la plage en contrebas au travers des lianes. Jack plisse les yeux pour chercher le *Barnacle*. Il est en train de se balancer au rythme de grosses vagues.

– Quoi ?! s'étonne-t-il.

La mer s'agite. Les vagues grossissent, et au nord, le ciel est à nouveau en train de s'assombrir.

– Pas encore cette tempête ! soupire Arabella. C'est à croire qu'elle nous suit !

– C'est étrange, remarque Jean. On pensait qu'elle nous avait dépassés. Je n'ai jamais vu une tempête venir du nord.

Un pin de plage remue dans la brise grandissante et produit des sons qui ressemblent à des chuchotements lorsque le vent souffle entre ses épines.

– Elle vient droit vers nous, confirme Jack. Nous devrions nous dépêcher. Nous serons mieux protégés une fois enfoncés dans la jungle.

Personne ne trouve rien à redire. Le petit groupe s'élance en avant, et quelques minutes plus tard, il se retrouve abrité sous des palmiers courbés et des lianes épaisses. Le vent souffle plus fort, agitant les immenses feuilles les unes contre les autres. Et hormis leur frottement, le silence est complet. Pas un bruit d'insecte ou d'oiseau. On n'aperçoit ni n'entend aucun animal.

– Si seulement je pouvais porter un pantalon, se plaint Arabella qui soulève prudemment ses jupes pour avancer.

– Tu aurais fait un très joli pirate, la complimente Jean en souriant. Mais comment tes amis ont-ils fait pour te laisser monter à bord ? Les femmes portent malheur sur un navire.

– Les chats aussi ! rétorque Arabella en levant son poing pour montrer la blessure faite par Constance.

– C'est *vré* ! sourit Fitzwilliam en s'exprimant en créole.

– Oh, tu parles créole ? s'exclame Jean.

– Oui. Le français, le créole, l'allemand, le latin et le grec, répond fièrement Fitz.

– Ah, parfait ! se moque Jack. Le grec… Voilà qui va être drôlement utile lorsque nous allons tomber sur des indigènes en colère.

– *Nretamaj ri qach'ab'äl MA JUN saqwinäq itzel*, marmonne Tumen.

– Qu'est-ce qu'il a dit ? demande Arabella, curieuse.

Jean hausse les épaules.

– Je ne sais pas, ce n'était pas du créole en tout cas.

Bientôt, le chemin s'élargit et des pierres plates apparaissent sous leurs pieds, comme si ce passage avait été autrefois une route pavée. Sur les côtés se trouvent quelques ossements. Ils sont vieux, secs et brisés, comme de vieilles branches tombées d'arbres morts depuis longtemps. Plus loin, de plus gros restes de squelettes commencent à couvrir le sol. Par endroits, ce sont même des crânes entiers et des côtes. De vieux vêtements déchirés et des ceintures de cuir pendus à des os recouvrent peu à peu la jungle.

– Je me demande ce qui les a tués, dit Arabella avec étonnement. Il n'y a pas de traces sur les os. On dirait qu'il n'y a pas eu de guerre ou de bataille. On dirait qu'ils sont juste… morts.

– Il y en a tellement, remarque Fitzwilliam d'une voix bien moins brave qu'il ne l'aurait voulu.

– Eh bien, c'est très excitant, plaisante Jack. Notre première rencontre avec des indigènes !

C'est alors que Constance crache et prend la fuite.

– Constance ! s'écrie Jean.

Il s'élance à sa recherche, et disparaît brusquement dans les broussailles.

– Maudit gamin… peste Jack entre ses dents, tout en courant derrière lui.

– Constance, descends de là ! ordonne Jean quelques mètres plus loin.

On entend alors un bruit désagréable, comme des griffes qui grattent un rocher.

– Non, Constance ! Non ! clame Jean.

Quand Jack arrive quelques instants après, le sol est en train de s'ébouler sous ses pieds. De grosses pierres roulent et s'entrechoquent avant de disparaître, emportant Jean avec elles.

– Jean ! s'écrie Tumen, rejoint par Arabella et Fitzwilliam.

Ils s'arrêtent tous en découvrant la scène devant eux : Jean n'est pas tombé dans un ravin mais au fond d'une vallée. Ils se tiennent en réalité sur le sommet du mur fortifié d'une cité. Au-dessous d'eux s'étendent ses ruines. Des maisons effondrées, des avenues de pierre pleines de poussière, des puits asséchés depuis bien longtemps. Et le tout est couvert de centaines et de centaines de squelettes.

– Eh bien, bonjour, Cité des Morts ! dit Jack en souriant.

7

Le palais de Sam Œil-de-Pierre

Dans la vallée sous leurs pieds, Jean se frotte la tête.

– Je vais bien, rassure-t-il.

Puis il regarde autour de lui et réalise enfin où il est. Le vent gémit en passant dans les vieux bâtiments. Il soulève un énorme nuage de poussière et disperse les os qui s'y trouvent.

– Cet endroit est maudit, murmure Fitzwilliam d'une voix sombre. Nous ne devons pas rester ici.

– Jack ! s'écrie soudain Arabella. Une ville propre et bien construite, comme les Romains en bâtissaient… Un paradis pour les pirates… Et regarde !

Elle pointe le doigt vers ce qui ressemble à une pyramide aztèque en plein centre de la ville. Puis elle remarque une pièce à ses pieds et se penche pour la ramasser. Un « S » et un dessin grossier d'un œil sont gravés dessus.

– C'est la marque du capitaine Œil-de-Pierre ! C'est son île, Jack ! C'est le royaume pirate que nous cherchons !

Jack contemple les alentours, ravi.

– Vous cherchiez cet endroit ? demande Jean.

– Plus exactement l'épée de Cortés, explique Jack.

Jean et Tumen marmonnent chacun quelque chose dans leur langue respective. Constance hérisse son poil.

– Mais comment est-ce possible ? s'exclame Fitzwilliam. Comment avons-nous pu arriver par hasard sur cette île ?

– Eh bien, on appelle cela la chance, sourit Jack avant de descendre du mur sur lequel ils sont perchés.

– Ce n'est pas de la chance. Nous sommes là parce que nous cherchions cet endroit, précise Arabella. L'épée ou le fourreau nous ont clairement attirés ici.

– C'est n'importe quoi ! râle Fitzwilliam avant de rejoindre le petit groupe.

Jack essaie de maintenir le moral de la troupe alors qu'ils explorent la ville. Mais la promesse de trouver l'épée de Cortés n'est pas suffisante pour faire oublier toutes les horreurs qu'ils voient. Et comme ils n'ont aucune idée de l'endroit où elle se trouve, ils doivent regarder partout.

Ils aperçoivent le squelette d'une laveuse encore penchée sur sa bassine. Les vêtements à l'intérieur sont secs depuis longtemps. Ce qui était autrefois une taverne est jonché de clients décédés, leurs chopes encore dans leurs mains osseuses. Et les humains ne sont pas les seuls morts de la ville : des squelettes recouvrent le sol de l'enclos à bétail, un chien poursuit toujours un chat, des oiseaux sont posés sur les rebords des fenêtres… Et par-dessus tout cela, le vent gémit et souffle du sable dans les yeux de tout l'équipage.

– Qu'a-t-il bien pu se passer ici ? se demande Fitzwilliam. Une épidémie ? Un incendie ?

– Une malédiction… marmonne Tumen.

– L'épée de Cortés… conclut Jack. Aussitôt que Sam Œil-de-Pierre a perdu son fourreau, son royaume s'est effondré.

– « La perte du fourreau causera la perte du royaume », marmonne Arabella en se répétant ce qu'elle a entendu par le passé.

– Il n'y a rien de royal ici, en tout cas ! remarque Jack.

Devant eux se dresse en effet une salle à manger, où quatre squelettes, assis autour d'une table effondrée, attendent leur dîner.

– Nous devrions aller sur cette pyramide pour mieux voir, propose finalement le garçon.

Il se faufile rapidement jusqu'au sommet, tel un écureuil, et commence à inspecter toute la ville à la recherche d'un palais. C'est alors que ses yeux manquent de sortir de son crâne lorsqu'il regarde par-delà la jungle : la tempête à l'horizon est noire, comme une cuve de goudron bouillant dans le ciel. Et elle arrive droit vers eux !

Jack se dépêche de redescendre de la pyramide.

– Une tempête… qui approche… énorme… dit-il, essoufflé, à peine capable de respirer.

– Comme celle qui a failli tous nous couler ? demande Fitzwilliam.

– Plus grosse ! répond Jack en agitant les bras. Il faut… se cacher. Les vents…

– Regardez ! s'écrie Arabella en montrant l'une des avenues.

Elle mène droit vers l'énorme ruine d'un palais en forme de pyramide, jusqu'ici caché par la végétation. Ses murs de pierre, autrefois grandioses, sont à présent en train de s'effriter. Des lianes courent le long des murs et s'agitent dans le vent comme des serpents venimeux.

– Eh bien, on dirait le genre d'endroit où l'on peut trouver une épée maudite, hurle Jack en retour.

Arabella hoche la tête avant d'ajouter :

– Et un bon endroit pour se protéger d'une tempête !

Soudain, la foudre tombe droit sur un arbre derrière Jack.

– Au palais ! s'exclame-t-il.

Même en ruines, le palais a encore une aura de grandeur. Les portes, qui sont tombées et ont pourri depuis bien longtemps, révèlent un immense hall qui mène aux autres pièces.

Jack surveille l'entrée. Ils ne seront pas aussi protégés ici qu'ils ne l'espéraient. Le bâtiment est secoué par la tempête. Le vent siffle au travers des fissures dans les pierres et les briques, et gémit dans les couloirs. Il est difficile de voir à plus de quelques pas devant soi. De grandes toiles d'araignées remuent dans les coins, et des lianes séchées produisent des bruits de grattement en bougeant sur le sol.

De larges dalles sont gravées d'arbres et de fleurs. Des guerriers tout en angles et richement décorés s'affrontent. Et au milieu se trouve une immense plaque représentant un dieu avec une coiffe en plumes : Quetzalcóatl.

– Je n'arrive pas à y croire, souffle Tumen en s'approchant des gravures du sol du palais. C'est la marque d'un dieu aztèque.

– Ah, parfait ! s'enthousiasme Jack. Nous sommes sur la bonne piste !

Mais soudain, le sol s'effondre. Tumen crie alors qu'il tombe dans la fosse qui vient de s'ouvrir.

Fitzwilliam plonge en avant et l'attrape par le bras. Mais le poids du garçon et son élan sont trop forts. Fitzwilliam glisse sur le sol, entraîné vers le bord de la fosse à son tour. Jack se jette à terre et maintient les chevilles de son compagnon d'aventure.

En vain.

Jean saisit les jambes de Jack, mais ils sont entraînés inévitablement vers le fond de la fosse.

– Je glisse ! crie Tumen dont l'un des bras échappe à Fitzwilliam.

Ce mouvement soudain entraîne tout le monde un peu plus encore. Fitzwilliam écorche son visage contre le bord du fossé, laissant une trace de sang sur les pierres.

– Arabella ! appelle Jack. Déchire ta jupe !

– Pardon ? demande-t-elle, choquée.

– Tu en as plusieurs, juste une ! s'écrie-t-il, exaspéré. Attache-la autour de cette colonne et accroche-toi à Jean !

Sans hésiter une seconde, Arabella fait ce qui lui est demandé et parvient à stopper leur descente macabre. Tout au fond du fossé, Jack aperçoit des pics aiguisés qui dépassent d'une eau noire et puante.

– C'était juste, les gars, frissonne-t-il.

Doucement, après bien des efforts et des gémissements, ils parviennent à remonter Fitzwilliam et Tumen.

Maintenant que le sol s'est ouvert sous leurs pieds, le hall n'est plus qu'un énorme trou noir, avec des rebords étroits de chaque côté.

– J'ai le vertige, se plaint Jean.

– Je croyais que vous étiez « Monsieur l'Incroyable Marin » ! se moque Fitzwilliam.

– C'est différent ! proteste Jean.

Jack, Arabella et Tumen contournent le fossé d'un côté, Jean, Fitzwilliam et Constance de l'autre. Ils restent dos au mur et avancent doucement, un pied à la fois, tout près du bord du trou.

– Est-ce que ce sont des alligators là-dessous ? s'inquiète Arabella alors qu'elle entend quelque chose qui claque dans l'eau noire en contrebas.

Jack regarde et ses yeux s'ouvrent tout grand.

– Ne regarde pas, propose-t-il. C'est pire que des alligators !

Après ce qui semble durer une éternité, ils parviennent enfin de l'autre côté de la fosse.

– Eh bien, c'était franchement horrible ! gémit Fitzwilliam en retirant l'une des rares poussières de son impeccable veste.

– Jack, regarde ! l'interpelle soudain Arabella.

Dans la pièce qui leur fait face, on peut voir des rangées entières de squelettes agenouillés, leurs visages osseux tournés vers le sol. Et devant eux, assis sur un énorme trône gravé, le squelette souriant du capitaine Sam Œil-de-Pierre…

8

La salle du trône

Même s'il n'y a aucune fenêtre et que les torches ont pourri depuis longtemps sur les murs, une étrange lumière bleutée illumine la pièce. Des gouttes de pluie tombent sur les morts par le plafond troué. Le pirate lui-même est encore vêtu de ses plus beaux vêtements, mais ils sont à moitié décomposés. Un médaillon d'or massif pend à une lourde chaîne autour de son cou. Une pierre d'onyx polie remplit son œil gauche – la pierre qui a donné à Sam Œil-de-Pierre son surnom. Sur sa tête squelettique se trouve un splendide chapeau qui est parvenu à échapper aux ravages du temps.

– Ils ont tous l'air d'être tombés raides morts en même temps, remarque Arabella.

Jack en tête, l'équipage s'avance lentement au milieu des squelettes. Il est difficile d'éviter tous les ossements. Quelque chose craque sous le pied d'Arabella. Elle réalise trop tard que c'était la main d'un sujet du roi sur le sol.

– Loyal jusqu'à la fin, plaisante Jack. Touchant, vraiment.

Arabella frissonne et le groupe poursuit son chemin jusqu'au trône.

Jack pousse alors un cri étranglé. Tout le monde bondit et se retourne. Fitzwilliam pose la main sur son épée.

– Regardez ! gémit Jack, la voix pleine de désespoir, en montrant du doigt une corde qui pend dans l'ombre.

Elle relie le trou dans le plafond au trône de Sam Œil-de-Pierre. Et il manque quelque chose au roi-pirate. Quelque chose de très important.

– Son bras gauche... réalise alors Fitzwilliam avant de se tourner vers Arabella.

Jack jette son bandana au sol, déçu.

– Arabella, tu disais que la légende raconte que l'épée de Cortés attend dans la main gauche de Sam ! s'agace Fitzwilliam.

– Le bras a été arraché de son épaule, lui répond Jean. Probablement par la personne qui a laissé cette corde derrière elle.

Il se penche et examine la poussière sur le trône.

– Quelle que soit la personne qui a fait ça, elle est passée il y a peu, et elle a évité le piège du grand hall. Elle en savait assez pour prendre un autre chemin, s'énerve Jack.

Le garçon passe une main dans ses cheveux trempés et s'approche de Sam Œil-de-Pierre. Il observe le squelette, qui a l'air de lui sourire.

Son chapeau est vraiment super, pense Jack. *C'est exactement le genre de couvre-chef qu'un homme important doit porter…*

Sans hésiter un instant, il s'en empare, le dépoussière et le pose sur sa tête.

– Jack ! Il est mort ! crie Fitzwilliam avec dégoût.

– Après tous les obstacles pour venir jusqu'ici, il me doit bien ça ! se défend le jeune garçon.

– Je n'arrive pas à y croire… dit tristement Arabella, assise sur les marches du trône.

– C'était pourtant bien parti, soupire Fitzwilliam. Nous avions eu un sacré coup de chance en trouvant cette île si vite.

Il essaie d'avoir l'air fier, mais il n'arrive pas à cacher sa déception. Il poursuit :

– Je suppose que l'aventure est maintenant terminée.

Jean et Tumen sont touchés par le chagrin de leurs nouveaux amis. Constance miaule tristement, et Arabella, dans son malheur, caresse le chat derrière l'oreille… avant de réaliser ce qu'elle fait et de rapidement retirer sa main !

Jack se penche vers le pirate mort. Il vérifie que personne ne le regarde, puis glisse un doigt dans le crâne de

Sam pour lui voler son œil de pierre, qu'il dépose précieusement dans sa poche. C'est alors qu'il remarque une clé attachée à une cordelette en cuir dans le col du capitaine.

– Il y a une chose à savoir au sujet des rois et des pirates, les gars, la gamine et le chat… la bête… euh… le truc… dit-il en brandissant la clé pour la montrer aux autres. Ils adorent les trésors ! Et épée ou non, je parie que Sam Œil-de-Pierre en avait caché un quelque part ici !

À cette idée, tous les yeux – même ceux de Constance – s'illuminent.

Une heure plus tard, ils ont fouillé toutes les pièces du palais – y compris le donjon et le coffre-fort, mais ils n'ont rien trouvé, à part quelques pièces de monnaie. Ils n'ont même pas eu besoin de la clé : le bois des portes menant au coffre-fort était pourri.

– Quelqu'un est déjà venu et a tout pris, observe Fitzwilliam.

– Non, il n'y a aucune empreinte de pas, souligne Arabella. Contrairement à la salle du trône.

Jack fronce les sourcils, concentré. Et ses yeux se mettent à briller.

– C'était un pirate bien avant d'être un roi ! lance-t-il.

– Et alors ? demande Arabella en se rapprochant de lui.

Les autres écoutent.

– Alors ? Les vieilles habitudes sont difficiles à oublier, Bell ! Et sa voix résonne encore dans la chambre royale. Donnez-moi un coup de main avec ça, ordonne-t-il tout en poussant l'énorme lit en bois d'ébène.

Jean et Fitzwilliam se penchent pour l'aider.

– Qu'est-ce que tu racontes, Jack ? demande Fitzwilliam. J'espère que nous ne cherchons pas son pot de chambre !

Jack soupire avec dégoût alors qu'il retire le petit tapis décomposé sous le lit.

– Tu ne penses pas comme un pirate, Fitzy ! Quand on parle de trésor, il ne faut croire personne. Et ne pas s'en éloigner. Crois-moi, j'en sais quelque chose, ajoute-t-il, sombre.

Il fait courir ses doigts sur le plancher et sourit lorsqu'il découvre un trou de serrure. Une porte est cachée dans le plancher ! Et la clé rentre parfaitement.

– Allumez-moi une torche, ordonne Jack.

Arabella et Tumen obéissent aussitôt. Jack ouvre la trappe et passe sa tête dedans, la torche à la main.

– Alors ? demande Jean, impatient.

– Alors... répond calmement Jack en laissant tomber la torche dans l'obscurité. Regardez par vous-mêmes !

Fitzwilliam, Arabella, Tumen, Jean et Constance se rassemblent autour de la trappe.

– Par le sang royal... jure Fitzwilliam.

La flamme de la torche s'agite dans ce qui ressemble à une salle entièrement remplie d'or.

9

Le trésor

Arabella s'assoit, étourdie. Elle est couverte de joyaux, de perles et de chaînes en or grosses comme des pouces avec des pendentifs incrustés de rubis. Elle porte aussi des bracelets parsemés de diamants et d'émeraudes. Une petite couronne, légèrement de travers, repose sur sa tête. Elle n'a jamais vu autant d'or, ni autant de trésors.

Jack se couvre lui aussi de joyaux – il n'y a pas d'autre moyen de les transporter. Toutes les malles et les coffres ont pourri, déversant leur contenu sur le sol. Un seul est encore en assez bon état pour emmener le trésor, et il est déjà plein.

– Très bien, c'est suffisant pour un premier voyage, décide Jack en glissant encore plus d'anneaux précieux dans ses poches. Chargeons tout cela et retournons au bateau. Nous reviendrons pour le reste plus tard.

Tumen rit, alors qu'il regarde Jean qui prend la pose avec des bracelets et une couronne.

– Je pensais qu'échouer ici serait un désastre, admet Jean. Mais quelle aventure et quelle chance, finalement !

– En parlant de chance, je n'aurai plus besoin de la fortune de mon père, maintenant, réfléchit Fitzwilliam, une épée décorative faite d'or pur à la main. Il peut bien me déshériter, je m'en moque. Je retournerai en Angleterre comme un homme nouveau…

– Je vais être enfin libre, réalise Arabella, en rêvant à tout ce qu'elle pourra faire avec cet argent. J'achèterai ma propre taverne ! Ou mon domaine ! Et je serai une *lady* qui n'aura pas à travailler !

– Je me paierai de nouveaux vêtements, s'extasie Jean. Et peut-être même un bateau !

– Et un cheval ! ajoute Tumen.

– Attendez un instant… les interrompt Jack. Nous n'allons rien faire avec ce trésor à part financer notre grande aventure. Nous devons toujours trouver l'épée de Cortés !

Fitzwilliam et Arabella clignent des yeux et reviennent à la réalité. Ils se souviennent doucement de la raison pour laquelle ils sont venus ici.

– Qu'est-ce qu'elle a de si bien, cette épée ? demande Tumen. On dirait surtout qu'elle a causé la mort de beaucoup de gens.

– Elle a de grands pouvoirs, explique Jack, les yeux brillants. Celui de dominer les hommes, de conquérir des empires, de créer des royaumes ! Ce pouvoir peut être le nôtre. Mais plus important encore : nous pouvons la protéger des pirates qui la recherchent. Et peut-être même nous débarrasser d'eux une bonne fois pour toutes ! Enfin les mers seront à nous…

Tout le monde le regarde.

– Euh… Jack ? C'était quoi cette dernière partie ? Tu n'es pas un peu trop ambitieux ? remarque Arabella.

Puis elle sourit avant d'ajouter :

– Ça tombe bien, moi aussi !

– Je suis d'accord. C'est une noble cause, décide Fitzwilliam. Je m'y consacrerai entièrement, moi-même comme mon épée.

Il regarde celle recouverte d'or qu'il tient à la main.

– Mon autre épée, pour venger ma sœur !

Tumen et Jean se regardent l'un l'autre.

– Je travaille sur un navire marchand depuis mon enfance. J'ai vu assez d'attaques de pirates pour une vie entière, soupire Jean. Alors, oui ! Pourquoi pas ! Les pirates sont des gens méchants. Et le pouvoir et cette histoire d'empire ? J'adore ! Je suis du voyage !

– C'est plus intéressant que de transporter des bananes, ajoute Tumen en haussant les épaules.

– Donc nous sommes tous d'accord ! Au *Barnacle* ! déclare Jack, un grand sourire aux lèvres.

Ils forment une étrange troupe en sortant de la chambre. Pleins d'énergie et couverts de joyaux, ils marchent tous les six dans la poussière et les ombres. Le vent furieux qui siffle dans les salles ne les dérange plus vraiment à présent. Même l'étrange lumière bleutée et la pluie dans la salle du trône n'entament pas leur moral. Jack et Fitzwilliam, qui portent le coffre, font particulièrement attention lorsqu'ils passent près du trône.

– Doucement… Je ne voudrais pas déranger les morts. Tiens ?! Qu'est-ce que c'est ? s'étonne Jack.

Il lâche brusquement le coffre, provoquant la chute de Fitzwilliam, et s'accroupit pour mieux regarder le sol sous la corde qui pend du plafond.

Les empreintes de pas qu'il a vues sont très étranges, en effet.

– Le voleur qui s'est emparé de notre fameuse épée va avoir beaucoup de problèmes pour s'enfuir, note Jack. Regardez ça !

Tout le monde se rassemble autour de lui. Il n'y a là que des empreintes de pieds gauches… comme si celui qui les avait faites en avait deux.

– Louis Pied-Gauche ! s'exclament Tumen et Jean en chœur.

Ils se regardent avec horreur. Arabella blanchit.

Avant qu'ils ne puissent en dire plus, un roulement et un craquement se font entendre au-dessus de leurs têtes.

La tempête vient de briser un morceau du plafond de pierre, qui tombe sur les squelettes agenouillés. Un torrent de pluie s'abat sur l'équipage.

Constance hérisse le poil, siffle et siffle encore, et se secoue comme un chien.

– Au *Barnacle* ! annonce Jack.

– Tu es fou ? s'exclame Arabella, tout en secouant ses cheveux. C'est un véritable déluge dehors !

– Elle a raison, approuve Fitzwilliam. Attendons ici dans l'une des autres pièces, et essayons de faire un petit feu pour passer la nuit.

– Eh bien, faites ce que vous voulez dans ce cas, dit Jack en haussant les épaules.

Il remonte ses manches et se baisse pour ramasser le coffre du mieux qu'il peut.

– Vous pouvez rester ici au milieu des ruines et des squelettes, avec les pierres qui tombent du plafond, et le terrible capitaine Torrents, si ça vous chante ! Moi, par contre, je prends mes cliques, mes claques, mon bateau et ce coffre d'or, et je file loin d'ici. Pigé ?

– Le capitaine Torrents ? De quoi parles-tu… commence Fitzwilliam.

Puis il se retourne et aperçoit une silhouette debout, derrière eux. Grande. Très grande. Avec des yeux gris furieux. Très, très furieux.

– Au *Barnacle* ! crie Arabella.

Jack lève les yeux au ciel. Fitzwilliam et Tumen saisissent l'autre côté du coffre, et Jean attrape Constance. Tous les six s'enfuient à toutes jambes, Torrents à leurs trousses.

10

La fuite

Le vent et la pluie s'amplifient alors que l'équipage du *Barnacle* court dans le palais. Ils ont pris de l'avance sur Torrents, mais à chaque fois qu'ils font deux pas, le géant n'en a besoin que d'un pour les rattraper. Quand ils arrivent dans le hall au sol de dalles gravées – avec sa fosse cachée au-dessous – Jack, Fitzwilliam et Tumen, qui mènent la course, s'arrêtent un instant. Le piège s'est remis en place et la trappe s'est refermée.

– Nous n'arriverons pas à transporter le coffre, Jack ! crie Fitzwilliam. Il faut qu'on l'abandonne. On ne pourra jamais passer sur les bords de la salle avec !

– Nous n'allons nulle part sans le trésor ! s'exclame Jack en retour.

Torrents s'approche de plus en plus, et il a l'air absolument furieux.

– Regardez ! les coupe Arabella.

La jeune fille tapote le sol avec le sceptre d'or qu'elle transporte.

– Le piège ne s'active que si l'on essaie de rentrer… pas de sortir ! devine-t-elle. En avant !

Ils traversent la pièce au moment où Torrents fait son entrée. Alors que l'équipage s'apprête à quitter le palais, Jack fait demi-tour et fonce sur le sol dallé.

– Jack ! s'écrie Arabella alors que le piège s'active à nouveau.

Le garçon bondit aussitôt vers le bord de la salle pour rejoindre ses amis avant que le piège soit entièrement ouvert.

– Bonne chance pour passer sur ces rebords étroits, mon gars ! crie-t-il à Torrents. Et maintenant, filons !

Ils courent aussi vite qu'ils le peuvent et parviennent à quitter la ville. Alors qu'ils traversent la jungle et sont presque arrivés au *Barnacle*, Fitzwilliam trébuche sur un vieux bout de bois et laisse tomber le coffre.

Jack se précipite sous les rideaux de pluie pour ramasser les pièces tombées au sol. La marée remonte et la pluie est si forte qu'elle leur fouette le visage. Jean se retourne et essaie de guetter Torrents à travers la tempête.

– Jack… s'écrie-t-il. Regarde ! Il est parvenu à sortir du palais !

Le pirate se tient au sommet d'une dune toute proche et rugit de colère. Au-dessus de sa tête, de terribles nuages noirs menacent. La pluie tombe partout autour d'eux. Sauf sur lui. Il est parfaitement sec au beau milieu de la tempête. Tout devient clair : la tempête les poursuit… parce que Torrents les poursuit !

C'est lui, le cœur de la tempête ! réalise Jack avec horreur.

– Donne-moi le fourreau, mon garçon ! Ou paie les conséquences ! lance Torrents à Jack.

– Quels sont tes plans, mon gars ? Me mouiller jusqu'à ce que j'en meure ? demande l'adolescent en se dressant entre ses amis et le pirate.

Torrents grogne. Et plus il est furieux, plus les vents sont violents. De la grêle commence même à tomber sur l'équipage.

– Racaille ! crie Torrents. Si tu n'as pas peur de moi, tu auras sûrement bien plus peur du pouvoir de Davy Jones le Maudit !

Jack glousse.

– Oh, oui ! Davy Jones ! Mon vieux Totor, Davy Jones est juste une légende.

Torrents rit à son tour. Mais d'un rire méchant.

– J'ai rencontré Davy Jones, grogne le géant. En chair et en os. Tu peux te considérer chanceux de n'avoir jamais eu affaire à celui qui récolte les âmes des marins et les force à servir à bord de son navire. J'étais un « invité » de son bateau, le *Hollandais Volant*.

Arabella, Jean, Jack et Tumen frissonnent tous à ce nom.

– Le terrible navire dont les planches sont faites des corps et des âmes des marins perdus, poursuit le pirate.

Et je serais aussi perdu qu'eux… si je n'avais pas été malin. J'ai fait un marché avec Jones : si je trouve l'épée de Cortés et son fourreau, et que je les lui apporte d'ici un an, je serai libre. Sinon, je serai à jamais prisonnier du *Hollandais Volant.* Il m'a marqué la peau pour que je n'oublie pas.

Torrents déchire sa chemise. Sur le torse du pirate, une large cicatrice dessine un serpent à plumes. La même marque que sur le fourreau de l'épée de Cortés.

– Cette marque a irrité les dieux, car ils haïssent Cortés, et tout ce qui est lié à lui, ajoute Torrents en refermant sa chemise. Ils m'ont maudit. Où que j'aille, la pluie et la tempête me suivent et empirent quand je suis furieux. Et, mon garçon, en ce moment, je suis très, très furieux.

Le tonnerre rugit. Les arbres autour du pirate sont arrachés du sol par le vent. La grêle et la pluie tombent comme des morceaux de verre. Le corps du géant est recouvert de petits éclairs. Le chapeau de Sam s'envole de la tête de Jack, qui parvient tout juste à le rattraper.

Torrents avance vers l'équipage. La petite troupe recule sur la plage, incapable de le quitter des yeux. Derrière eux, des vagues couleur boue s'écrasent comme des boulets de canon. Le vent piquant fouette leur visage et brûle leur peau. Jack doit sans cesse cligner des yeux pour parvenir à voir quelque chose.

Torrents continue à avancer, et l'équipage à reculer. Le pirate va les forcer à s'enfoncer dans l'océan déchaîné. Il va les noyer !

Jean fait un pas en arrière et crie lorsque son pied touche l'eau. Une grosse vague vient lécher le dos des membres de l'équipage. Un éclair crépite autour de la tête de Torrents. Arabella, terrorisée, agrippe le bras de Fitzwilliam, qui sort son épée. Tumen saisit Jean et Constance. Tous reculent encore. Tous sauf Jack.

Parfaitement sec au milieu de la tempête, Torrents prend son épée. L'air autour de lui est chargé d'électricité.

Jack enlève son chapeau, dont les bords sont remplis d'eau de pluie, et le déverse sur Torrents.

Il y a un craquement, des crachats, des sifflements et enfin, une énorme explosion. Jack est projeté en arrière. L'eau et l'électricité ne font pas bon ménage ! Chose que la plupart des gens ne sauront pas avant longtemps.

Mais Jack, bien sûr, est différent de la plupart des gens.

Torrents hurle de douleur. Il tombe sur le sol, inconscient. Son corps fume.

– Que lui est-il arrivé ? Comment de l'eau peut-elle avoir un tel effet sur le diable lui-même ? demande Fitzwilliam.

Jean et Tumen se regardent tous deux, étonnés. Mais Jack n'a pas le temps de répondre.

– Regardez ! crie Arabella en montrant la côte.

La tempête faiblit et disparaît comme de la vapeur : les nuages s'en vont, le vent tombe et le soleil brille plus que jamais. Miraculeusement, le *Barnacle* est toujours là, abîmé, mais toujours à flot.

L'équipage ne perd pas une seconde. Pendant qu'Arabella range le trésor et commence à évacuer l'eau qui reste sous le pont, les quatre garçons travaillent à consolider le mât et les voiles. Constance se promène sur le navire et ronronne comme si c'était le sien.

Mais alors qu'ils naviguent vers la haute mer, des nuages gris s'accumulent à nouveau derrière eux.

– Torrents a dû se réveiller, murmure Arabella. L'Île Squelette est à nouveau sous les nuages, et la tempête grossit au-dessus des plages et de la jungle. Un autre navire est en train de quitter l'île, dans une autre direction.

– Ça doit être le navire de Torrents, observe Jean. Son équipage a dû se révolter et partir.

– Bien fait pour lui ! sourit Jack. Torrents ne quittera jamais cette île !

La mer autour ne se calmera pas tant qu'il restera furieux, et je parie que ça n'arrivera jamais !

– C'est certain ! intervient Arabella avec émotion, en soulevant un gobelet d'argent qu'elle a trouvé dans la salle du trésor.

– Parfait, les gars ! s'exclame Jack en souriant. Toi, Fitzy, lève la grand-voile. Arabella, occupe-toi des cordages. Tumen, essaie de savoir dans quel coin de ces maudites Caraïbes nous sommes. Jean, tu prends la barre !

– Vers où, Jack ? demande Jean joyeusement.

– Mais à la recherche de Louis Pied-Gauche, bien sûr ! réplique Jack, un pied sur le bord du pont, les yeux sur la mer.

Il ajuste son chapeau.

– Ah ! ajoute-t-il comme s'il avait oublié un détail. À partir de maintenant, merci de m'appeler… capitaine Jack Sparrow !

Le *Barnacle* poursuit sa route avec, à son bord, un équipage plus déterminé que jamais à trouver l'épée de Cortés. Et quand il aura mis la main dessus, il devra la garder loin des mains les plus dangereuses des sept mers, loin des griffes acérées du terrible et maudit Davy Jones…

FIN

Direction maintenant le port le plus proche d'Antigua pour faire le plein de provisions, avec Tumen et Jean à la barre. Ces deux-là sont vraiment d'excellents marins ! En attendant, nous approchons de l'épée, je peux le sentir. Malheureusement, j'ai perdu mon fabuleux chapeau durant un pari avec un marchand des quais d'Isla Puerta, concernant la capacité des tortues de mer à aider un humain dans l'eau. Mais avec un navire aussi fameux que le Barnacle et un équipage aussi fier que le mien, je ne vois aucun obstacle assez grand pour se mettre en travers de notre route, pas même le terrible Louis Pied-Gauche. Peut-être que la prochaine chose que j'écrirai dans ce journal du capitaine sera le récit de comment nous avons finalement trouvé l'épée de Cortés !

Le capitaine Jack Sparrow

As-tu lu toutes les aventures de Pirates des Caraïbes ?

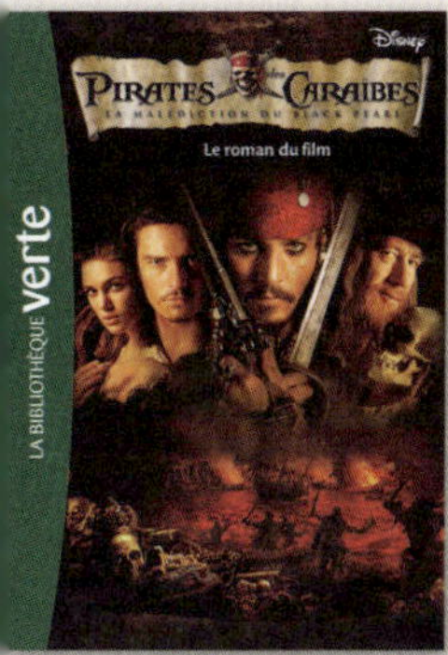

Tome 1

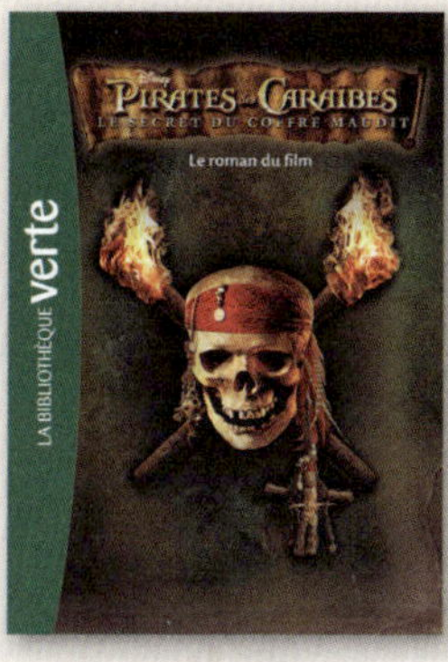

Tome 2

Tome 3

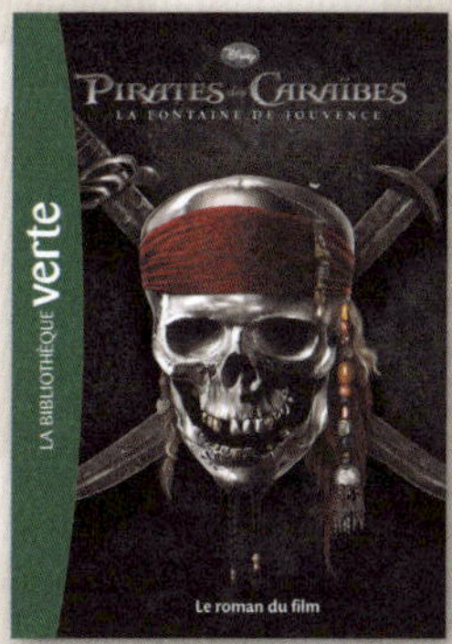

Tome 4

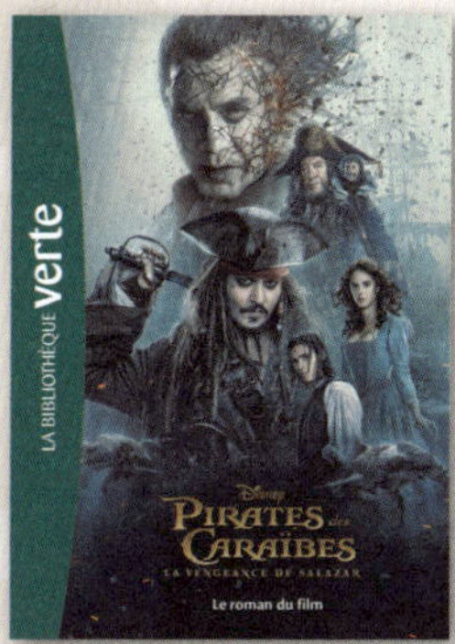

Tome 5

Retrouve tous tes héros préférés sur le site www.bibliotheque-verte.com

TABLE

hachette s'engage pour l'environnement en réduisant l'empreinte carbone de ses livres. Celle de cet exemplaire est de :
500g éq. CO_2
Rendez-vous sur www.hachette-durable.fr

PAPIER À BASE DE FIBRES CERTIFIÉES

Photogravure Nord Compo - Villeneuve-d'Ascq

Imprimé en Roumanie par G. Canale & C. S.A.
Dépôt légal : juillet 2017
Achevé d'imprimer : décembre 2018
63.6289.3/04 – ISBN 978-2-01-626597-0
Loi n° 49956 du 16 juillet 1949
sur les publications destinées à la jeunesse